AF355837

L'ORPHEE GROTESQVE,

AVEC

LE BAL RVSTIQVE.

EN VERS BVRLESQVES.

PREMIERE PARTIE.

A PARIS,

Chez Sebastien Martin, ruë S. Iean de Latran,
prés le College Royal, deuant S. Benoiſt.

M. DC. XLIX.
AVEC PERMISSION.

L'Imprimeur au Lecteur.

L'Orphée a tant paru dans le ſerieux qu'il peut donner curioſité de le voir dans le Burleſque ; auſſi le plaiſant perſonnage qu'il fait quand il ſe plaint en muſique de ſon veuuage, & celebre les obſeques de ſa femme auec ce merueilleux inſtrument, au ſon duquel il fait dancer tout ce qui rencontre, donne vne idée aſſez riſible pour meriter qu'on le dépeingne en vn ſtile qui l'eſt auſſi. C'eſt pourquoy l'Autheur prend cette Fable par où elle commence à eſtre plaiſamment biſare : Ce qui luy donne occaſion de déguiſer quelquesfois, & amplifier cette fiction par des circonſtances groteſques pour la rendre plus ſortable à des vers facetieux. Quoy que cette piece ſoit vn des premiers ieux de ſon eſprit, ou ie ſçay qu'il ne voudroit pas s'amuſer à preſent ; des plus connoiſſans me font croire qu'elle peut plaire aux plus difficiles & diuertir les plus ſerieux. Si elle plaiſt dans le public comme elle fait dans le particulier, ie puis dire que ce ne ſera pas la premiere de luy qui aura eſté bien recoüe.

L'ORPHEE GROTESQVE,
auec le Bal ruſtique.

En vers Burleſques.

VN Violon yure à ſa Feſte
La nuict m'a tant rompu la teſte,
M'a tant laſſé dans mon grabat
Par ſa muſique de ſabat,
Qu'en dépit de ſa ſerenade
Dont i'ay l'oreille encor malade,
Ie peins d'ancre & non de couleur,
Ce Meneſtrier de malheur,
Qui ſonnoit pour feu ſa Donzelle,
Sur ſa lyre en forme de vielle,
Donzelle morte à ce qu'on dit,
Par vn lazard qui la mordit,
Et chantoit non l'epitalame,
Mais l'epitaphe de ſa Dame:
Mal damée ayant mal taſté
Des droits de la communauté.

Orphée en l'Infernale blouze,
Auoit reclamé son espouse,
Gazoüilé mieux qu'vn Rossignol,
Et par Becare, & par Bemol,
Sa chanson plaisante & plaintiue,
Pitoyable & recreatiue,
Qu'il fredonnoit faisant pitié
En enfant de chœur chastié
Qui chante & pleure tout ensemble,
Et mieux fredonne plus il tremble;
Ce chanteur auoit enchanté
Cerbere auec sa parenté,
D'accord auec Pluton le fourbe,
De repasser la noire bourbe;
Luy le premier, sa femme apres,
Sans la guigner de loing ny pres,
Que hors la frontiere Infernale
Où de la voir trousser en malle;
La pauurette elargie enfin,
Il croyoit joüer au plus fin,
Mais son œil tourné par mollesse
Le fait joüer au tire-laisse,
C'est à ce beau ieu qu'il repert
Sa dône reprise sans verd;
Elle à beau crier ie suis morte
Cependant qu'vn Lutin l'emporte :
Luy sans voix, sans poux, ny couleur,
N'en ose crier au voleur;

Et

Et pour la prendre à la main gourde
L'oyant dire, adieu hapelourde,
Qui laiſſes ta femme au cachot,
Pluton t'a bien pris pour vn ſot,
Il te ſied bien auec ta vielle,
D'oſer joüer de la prunelle,
Tu vois trop clair pour vn vielleur,
T'on regard me porte malheur,
Maudit ſoit l'œil, foin de l'œillade,
Foin de .. cependant l'Ombre euade
Et paroiſt à ce veuf tranſi,
Vne larue d'air eſpaiſſi;
Luy la court iuſqu'au guichet ſombre
En chien qui veut gober vne ombre,
Sans luy pouuoir prendre à taſton,
Poil, ny peau, gorge ny manton :
Apres auoir couru l'auerne
Sans trouuer auberge ou tauerne,
Il ſort de là comme d'vn four,
Et gaigne vn bois pour fuir le iour,
Trop contraire à ſon noir deſaſtre
Qui fait choir en Enfer ſon aſtre;
Ce veuf plus penaud ce dit-on,
Qu'vn des quinze-vingts ſans baſton,
Ou qu'vn Pelerin en diſgrace,
Qui perd eſcarcelle ou beſace,
Tout effaré, tout ahury
D'eſtre auſſi-toſt veuf que mary :

Et deux fois veuf en moins d'vne heure,
Il en fanglotte s'il n'en pleure,
Perdant fa femme il perd fon dot,
Et la perdant il eft plus fot,
„ Qu'vn autre n'eft fot d'en prendre vne
„ Quand elle fe rend trop commune,
La deffunte qui l'a quitté
Le rend tout deforienté,
Quoy que *** rie en l'ame,
De fe voir deffait de fa femme;
L'affaffin amant de Procris,
Fit moins de vacarme & de cris,
Que noftre homme dont la beueuë
Occit fa belle auec fa veuë:
Il a beau crier, defgoifer,
Au diantre qui vient l'appaifer;
L'efcho fe pleint d'eftre eftourdie
De fa criarde melodie;
Car plus il crie, elle en glapit
Et luy rend fes cris par dépit:
Sa plainte joüant de fon refte,
Il maugrée, il fulmine, il pefte,
Maudiffon, injure & iuron,
Contre Pluton, Parque & Caron,
Et male pefte, & male boffe
De l'efpoufaille & de la noce;
Mais il ne s'en prend deformais
Qu'à fa barbe qui n'en peut mais,

Et s'arrachant sa heure fauue,
De male rage deuient chauue,
Ce n'est plus vn veilleur dolent,
Il croit estre vn fougueux Rolland :
Et dans sa fougueuse eschappée,
Prend sa vielle pour vne espée,
Prenant les arbres les plus verds
Pour de noirs spectres des enfers ;
Il bat, cogne, heurte & martelle,
La forest à grands coups de vielle,
Qui lasse de maint horion,
Voudroit estre aux mains d'Arion :
L'atrabile où son cœur se beigne,
Tueroit deux Merciers pour vn peigne
Et dourderoit le sieur Pluton
De sa lyre au lieu de baston,
Dans sa rage vne faim canine
Eschauffe encor l'humeur mutine ;
Si bien, que cette eschaufaison
Luy donne aux mains demangeaison :
,,Parce que tant moins les gens mangent,
,,Et tant plus les mains leur demangent,
Iugez si sa rage en Enfer,
A trouué dequoy s'eschauffer ;
Car chez Pluton & Proserpine
Tout est froid horsmis la cuisine,
Il vient de ce maudit pais
Où les goinfres sont esbahis,

D'vne ſeiche & maigre contrée
Où nul vin ne paye d'entrée,
Où pain mol, ny dur, blanc ny bis,
Pié fourché, vache ny brebis,
N'y croiſt non plus que le fruictage,
Où l'on ne voit pot ny potage :
Là s'eſtant fait ſur ſon haut ton,
Le goſier ſec comme coton,
Le foye & le poulmon aride,
Le cerueau creux, le ventre vuide,
Ce iour euſt mis de male faim,
Ce fol & ſa folie à fin,
Et l'euſt à terre eſtendu raide
,, Si par hazard qui ſouuent aide,
,, Les fous, comme les eſtourdis,
Il n'euſt vû d'vn ſalmigondis,
Reliquat d'vn banquet de faunes
Qui ronfloient yures ſous des aunes;
Cét affamé Meneſtrier
Mangeant ſans ſe faire prier,
Euſt pû de rage & de famine,
Manger Pluton & ſa cuiſine :
La ſoif fit à ce pauure eſcroc,
Vuider, preſſer, ſuccer vn broc,
Et deſtramper de vin la lie
De ſa noire melancholie.
Qu'eſt deuenu ce pauure veuf,
Heurlant en chien, meuglant en bœuf,

Et

Et ſes maturines tranchées
Contre hure & barbe arrachées;
Son mal trouue vn fleuue d'oubly,
Au vin Grec plus fort que chably;
Apres cette franche lipée
Qu'il vient de prendre à la pipée,
Adieu le veuuage & l'ennuy;
Il eſt changé ce n'eſt plus luy,
Vn veuf ſaoul ne ſonge qu'à rire,
Et chante mieux qu'il ne ſoûpire:
Ce bon repas fait au profit
Du Meneſtrier déconfit,
Il eſbat ſa panſe fourée
A trauers bois iuſqu'à l'orée,
Chante & met ſur *gereſolut*,
Sa vielle qui fringotte en lut;
La trouppe de faunes qui ronfle,
Vray tas d'outres que le vin gonfle,
A ce chariuary charmant
Dance quaſi tout en dormant;
Deſia ce trouppeau s'entre-cogne,
Parmy ſes S S & pas d'yurone:
Et ces bouquins de baladins
S'en vont ſauter comme des dains.
Ho, ho, le beau remumeſnage,
Tout eſt meuble en ce bois ſauuage;
I'ay la berluë ou i'apperçoy
Qu'Orphée attire tout à ſoy.

Sa suite est de masses mouuantes,
De rochers, de troncs & de plantes,
Ie m'en r'apporte au grand Nazon,
Et n'ay pas tort s'il a raison;
On croira le fait que ie glose,
Si l'on croit la Metamorphose:
Tout dance au son de ce Concert,
Les Danceurs peuplent ce desert,
Voyez-vous ce Roc qui dandine
Et prend vne ame baladine,
Il danse à la mode par bas,
Et dance quasi les cinq pas,
Ces vieux pins à branches pourries,
Veulent dancer les cannaries :
Aussi dancent les arbrisseaux,
Les taillis, ballent par faisseaux;
La souche que la *lyre attire*
Suit le tronc qui *tire à la lyre*
L'herbe fait voir à fretiller
Qu'vn fredon la sçait chatoüiller:
Voyez, voyez, comme la mousse
De rauissement s'entremousse,
Et vous, champignons, potirons,
Qui sautez sur vn pié tous ronds
Venez-vous payer en gambades
Ce rauissant donneur d'aubades,
Voy-ie pas le gaillard buisson
Tressaillant d'aise à se beau son,

Mener la haye sa parente
En branle bourée & courante,
Quoy la bruiere au corps leger,
Semble en gauotte voltiger.
Ce halier mesme se debande
Pour s'esgayer en sarabande,
La broussaille dance par haut,
La ronce à l'enuy va par saut,
La griesche ortie en cadence,
Fait voir que tousiours va qui dance;
Le houx & son cousin chardon
S'emillent à chaque fredon,
Lors qu'vn Asne ayant le cœur fade
Cherche le chardon pour salade:
L'Asne estonné du Bal nouueau,
Ne trouue point en son cerueau,
La raison de cette merueille,
Et son bel instinct luy conseille,
D'auertir ses parens grisons
Qui broustent dans leurs garnisons;
A cette nouuelle azinique
Vn gaillard esguillon les pique,
Et iusqu'au moindre asne est tenté
De cette curiosité.
L'asne semonneur de la feste
Comme guide marche à la teste:
Cheuaux, mulets, rosses, poulins,
Grands & petits, beaux & vilains,

De races poussiues, hargneuses,
Morueuses, retiues, rogneuses,
Tout y courent, le bruit en court,
Aucun bestail n'en fait le sourd,
Chiens de chasse, chiens de cuisine,
Matous, chattes mesme en gesine,
Rats qui suiuent au son les chats,
Souris franches de leurs pourchas,
Sangliers, verats, leurs sequelles,
Beliers, oüailles telles quelles,
Vaches, veaux, genisses, taureaux,
Belettes, renards & blaireaux,
Conils, lapins, levrauts & lievres,
Bouquins, cornus, chamois & chevres,
Cerfs, dains, chevreuls, biches & fans,
Licornes, chameaux, elephans,
Rinocerot masle & femelle
Et sa ventrée à la mammelle,
Leopards, tigres, ours, lyons,
A centaines de millions,
Monstres, centaures, hipogriffes,
Orques tous gueules & tous griffes,
Ceruolans & dragons ailez,
Sarpaious, magots, culs pelez,
Tous pecores, tant lourds qu'alaigres,
Fins, grossiers, secs, pesants, gras, maigres,
Noirs, blancs, verds, gris, clairs, bruns & rous,
Gentils, laids, feroces & doux,

vray, ny le vray semblable
as tousiours bon à qui hable
ableur mon amy,
eur menteur & demy.

Tous

Tous brutes , priuez & fauuuages,
Quitent niches, trous, pafturages,
Se fentant chatoüiller de loin
L'oreille d'vn plaifant tintoin;
Argus qui court apres fa vache
Qu'il laiffoit paiftre fans attache,
Pris par l'oüye aimeroit mieux
quatre oreilles que fes cent yeux :
Il n'eft pas iufques à la taupe
qui fort de fon trou noire & gaupe,
Et faute aueuglette chantant,
qui ne voit ce vielleur l'entend.
La beftialle compagnie
Defia trepigne à l'armonie,
Plus ils s'y viennent amorcer
Et mieux les fait elles dancer;
Si le fonneur m'euft voulu croire
De les faire dancer en foire,
Il auroit plus gaigné de fous
Qu'Auberuilliers ne vend de chous.
Ce bouffon de foire qui trolle,
Son chien prefte à joüer fon rolle ,
Perdroit fon honneur & fon chien
Aupres du fçauant muficien,
Qui fans leçon inftruit ces beftes
A frifer de culs & de teftes,
Le finge ny l'efcurieux
Ne s'y tient fur le ferieux,

Leur agilité fretillarde
S'accorde à dancer la gaillarde.
Là l'elephant, le bœuf & l'ours
Ne paſſent pour lourds ny balourds,
Quant aux legers c'eſt vn prodige,
Le chat volle, & le chien voltige,
Saute crapaut, dit le ſerpent,
Qui bondit & n'eſt plus rampant;
Et le verd lezard qui ſautille
Donne bon exemple à l'anguille,
La grenoüille à menus gigots,
Donne leçon aux eſcargots,
Voyez fretiller la tortuë
Qui dans ſon eſtuy s'euertuë;
En ces baladins animaux,
D'eſcrire leurs ſauts ſoubreſauts,
Vireuouſtes en giroüettes,
Et tournoyemens en piroüettes,
Leurs capriolles antrechats,
Melanges de ſauts & de pas,
Leurs poſtures, tours de ſoupleſſe,
Leur agilité, grace, adreſſe,
C'eſt pour vous creuer de plaiſir
Pour quand ie ſeray de loiſir,
Sans que ce recit m'incommode,
Chaque beſte balle à ſa mode;
Il n'eſt là d'animal ſi fier,
qu'aucun s'en doiue deffier,

La lyonne aupres de la mule
Perd sa rage ou la dissimule,
Le lyon, gambille en bichon,
Le bœuf dance auec le cochon,
L'ours, donnant la patte à la biche
La mene sans luy faire niche,
Le cerf & le limier voisins
A baler deuiennent cousins,
Brebis dançant hoche la teste
Au loup qui saute & ne s'enqueste,
Les rats vont à l'escole aux chats
Pour aprendre des entrechats,
Le renard sautille sans noise
Prés la poule qui s'apriuoise,
Et la poule entre ses poussins,
Bale auec l'aye & marcassins,
Antipatie ou difference
Ne les met point hors de cadence,
Ces pagnottes qui font les preux,
Et sur le pré font des fievreux,
Là tous accordez auec ioye
Passeroient leurs chaleurs de foye,
A des accords si delicats
Qu'ils ont accordé chiens & chats.
Tout s'y rend sans liurer bataille,
Et le bestail & la volaille;
La vielle est vn piege aux oyseaux
Plus seur que glus ny que raiseaux,

Le plus fort ny bat que d'vne aile,
Laiſſe faire à la fine vielle,
qui les met tous dans le paneau,
L'aigle auſſi bien que l'eſtourneau:
L'autour auſſi bien que ſa proye,
L'eſperuier auſſi bien que l'oye,
Le faucon & le guillery,
Le duc & la chauue-ſoury;
L'orfraye auecque l'aloüette,
Le gerfaut auec la choüette,
Laid hibou, ioly chardonnet,
Triſte corbeau, guay ſanſonnet:
Beau cygne, vilaine corneille
Viennent ſangluer par l'oreille;
Oyſeaux, habitans paſſagers,
Doux, farouches, lourds & legers.
Oyſeaux babillards, taciturnes,
Oyſeaux ſolaires & nocturnes,
Pris d'vn trebuchet ſi charmant
Font reuerence à l'inſtrument.
Vn gay pris à cette harmonie,
Se perche ſans ceremonie
Sur la teſte du muſicien,
Pour l'oüyr d'vn graue maintien.
En vain ce heron ſe deſpeſche
De porter à ſon nid ſa peſche,
Il s'accroche auec ſon poiſſon
A ce muſical ameçon:

Et

Et lasche son poisson qui saute
Plus haut que la vielle n'est haute,
Pour apprendre aux estropiez
Qu'on peut icy baller sans pieds.
Là, ny rossignol, ny linotte
Ne fredonne ny ne gringotte,
Là, ny caille ny perroquet
N'a plus ny jargon ny caquet.
Moineau, serin, cigalle & pie
Y sentent leur gorge assoupie :
Et que fait le noble phœnix,
quand le Soleil d'vn regard fix,
L'a mis sans plumer en grillade :
Ou bien sans gril en carbonade,
La vielle a sçeu le depercher,
Demy roty sur son bucher ;
Ce bel oyseau trouue plus d'aise
A ce concert que sur sa braise.
De tous ces animaux rauis,
quel oyseau selon vostre auis
Sauoure mieux la melodie,
C'est le rossignol d'Arcadie.
que cet asne a d'attention,
qu'il est plein de discretion ;
L'asnesse la plus temeraire
Ne le tenteroit pas de braire,
Tant il est bridé des chansons
qui charment iusqu'aux limaçons.

Ce Roy si peu digne de l'estre
que rauy d'vn rebec champestre,
Il le prefere au violon
Raclé par messire Apollon,
Oyroit icy d'autres merueilles,
Guay d'estre asne par les oreilles,
Et riroit de son chastiment
Aupres d'vn vielleur si charmant.
Trouuez-moy vielleur dans l'histoire,
Suiuy de plus belle auditoire,
Il tient par l'oreille attaché
Bestail acquis à bon marché,
Plus que cent nobles de village
N'en ont en cent ans de mesnage.
Prés d'vn gros bourg de ces quarties,
que ie nommerois volontiers
Du celebre nom de Mandosse,
Puis qu'alors il s'y faisoit noce ;
Des pitaux pour s'ébattre aux champs,
Dans leurs ieux & rustiques chants,
S'estant saisis d'vne espousée,
L'y menoient la courante aisée,
Où sa iaquette à brinballer
Mettoit son bas d'estame à l'air.
Eux attirez dans l'abondance
Des bestes qui vont à la dance :
Orphée entraisne ces pitaux,
De leur nature assez brutaux

Pour eſtre admis au bal des brutes,
Au lieu de ſaults & cullebutes,
La vielle ſtile ces butords
A battre l'air de leurs pieds torts :
Et forcer leurs lourdes ſtatures,
A de plus alaigres poſtures.
Bref, ces pieds plats ſans y penſer,
Apprennent pour rien à dancer,
Pendant que la groſſe eſpouſée
Fait la cabriolle friſée,
Son homme eſt là fort bien venu
pour bondir comme vn bouc cornu.
Ces ruſtaux en ce Bal ruſtique
Sous qu'ils font viuroient de Muſique.
Et tous ſe voudroient marier
Pour l'employ du Meneſtrier.
Le plus fameux d'entre les noſtres,
*** Qui fait danſer les autres,
Quoy que mal diſpos à dancer,
Ne pourroit là s'en diſpenſer,
Il n'eſt lourdiſe ou mal adreſſe
Que cette vielle ne redreſſe.
Vvlcain grand patron des boiteux,
Silene Doyen des gouteux,
Sans baſton, bequille, ou potence
Feroient icy rage à la dance.
Vn cagneux pied-bot pied tortu,
Diroit quelle dance veux-tu,

Vn impotent, vn cul de jatte
Par trop bandir feroit cagatte;
Iamais beſtail tant ne dança,
Depuis trente mille mois en ça,
Orphée a la main eſtourdie
Sans voir teſte ou jambe alourdie.
Quoy ces beſtes dancent encor
C'eſt trop, Vacher ſonne du cor,
Bon ſoir le ſonneur licencie,
Le beſtail qui le remercie,
Dans ſa noce on a mal dancé ;
Mais il en eſt recompenſé,
Par ce bal grotesque & ſauuage,
Qu'il fait donner à ſon veuuage.

Fin de la premiere Partie.

Du quatorzieſme May mil ſix cens quarante-neuf, Permiſſion a eſté donnée à Sebaſtien Martin, d'imprimer l'Orphée grotesque, auec le Bal ruſtique, & la ſuite de l'Orphée ; Auec defenſe à tous autres de l'imprimer ou faire imprimer, en quelque volume & caractere que ce ſoit, ny contrefaire ſous pretexte de changer de titre. Acheué d'imprimer le 18. May 1649.

SVITTE
DE
L'ORPHEE,
AVEC LES
BACCHANTES
OV
LES RVDES
IOVEVSES.

EN VERS BVRLESQVES.
SECONDE PARTIE.

A PARIS,

Chez SEBASTIEN MARTIN, ruë S. Iean de Latran,
prés le College Royal, deuant S. Benoiſt.

M. DC. XLIX.
AVEC PERMISSION.

L'ORPHEE QVI DECHANTE,
auec les rudes Ioüeuses ou les Bacchantes.

En vers Burlesques.

TEL qui pour dormir ou pour boire
Ne lasche rien de sa memoire,
Dira que i'estois enchanté
De ce chantre que i'ay chanté;
Que ma ceruelle estoit coëffée
De cette archi-vielle d'Orphée,
Et qu'yure, ou du moins endormy,
Ie ne fis qu'vn compte à demy :
Mais mon comptant roulle assez preste,
Pour m'acquitter bien-tost du reste,
Et puis qu'on m'en fait souuenir,
A tout bon compte reuenir.
Le Vielleur veuf de sa Femelle
S'en consoloit auec sa vielle,
Et viella mieux tant qu'il fut saou
Qu'vn vielleur ne fait pour vn sou :
Saou qu'il fut il fut plus alaigre
Qu'vn poulain gras, & qu'vn chat maigre;

+

Mais ſon foye vn peu trop gourmand
Deuora ſon ſoulagement;
Cette carrelure de ventre
Ne dura guere au pauure chantre:
A meſure qu'il deſſouloit
Son veuuage renouuelloit,
Et ſon veuuage & ſa famine
Ramena ſa verve chagrine :
Quand ce veuf trop enamouré
Euſt plus geint & plus ſoupiré
Qu'vn vieux ſoufflet d'orgue ou de forge
Par le ſoupirail de ſa gorge,
Et fait boüillonner les ruiſſeaux
De ſes pleurs, dont il pleut à ſeaux.
De chagrin ſa ratelle enceinte
Auorta d'vne eſtrange pleinte
que retint, & me reuela
Vn zephir qui venoit de là
Ah! ma pauure femme encore fille,
I'enrage, renaque & petille;
Que noſtre amour qui prend vn rat
Manque au premier poinct du contract
Où ie t'ay bien moins eſtrennée,
que Didon ne la fut d'Enée;
Quoy que tu vaille bien Didon;
Beauté fraiche comme vn gardon,
Tout verd-galand qui ſe marie
M'en fera piece ou raillerie :

Pluton

Pluton en fait le goguenard,
Et Caron m'en crie au renard ;
Loin de m'en plaindre, la Burlesque
M'acheue de peindre en grotesque:
Tous les railleurs m'en railleront,
Et quand les prudes m'en loüeront
De t'auoir iusqu'au mariage
Laissé ton ioyau de fillage,
Tu ne m'en sçauras point de gré,
Toy, qui fuyant m'as denigré,
Aussi pourquoy meurs tu si viste,
Tu boites & quittes ton giste:
Boitant, tu cours mieux qu'vn pieton
Coucher au Serrail de Pluton,
Que la Parque a fait son coup preste ;
Maudit soit-il, la male peste
Du serpent couuert d'vn gazon
qui t'a morduë en trahison,
Navrant d'vne mesme morsure
Ton gros orteil & ma fressure:
I'aurois vû de moins mauuais œil
Mouche ardente sur ton orteil,
Faut-il qu'en dançant sur l'herbette
Cloton t'ait donné la gambette,
quelle t'ait fait boiter plus bas
Qu'vn encloüé cheual de bas,
Ou pour te pleindre en plus haut stile
T'ait ferve au pied comme Achile.

B

Pauurette, qu'en toy i'ay perdu,
Ton lezard m'a le plus mordu,
Apres toy dans quelle trouuaille
puis-ie trouuer femme qui vaille?
Apres toy qui me valois bien
Femme ne me fera de rien;
Par ma vielle ie te proteste
D'enuoyer paistre tout le reste:
Nargue du sexe & de Cypris
Si ie la sers plus à tel prix,
Ie veux bien qu'elle me regale
De la podagre ou de la galle;
On me verra plus hardiment
Rompre le col que mon serment.
   Le fol, il a dit sa sentence:
Desia le beau sexe le tence;
Belles qu'Amour fait tant valoir,
Qu'il nous range à vostre vouloir,
S'il renaissoit beaucoup d'Orphées,
Vous seriez bien mal attiffées;
A bon chat, bon rat, diriez-vous,
Vous y perdriez moins qu'eux tous.
Mais i'entends Cypris renfrognée,
Dire en ton de femme indignée,
Traistre ennemy de nos esbats,
Maraud, ie t'enuoyeray là bas
Auec ta femme la boittasse
Braire & vieller de bonne grace:

Oüy, tu mouras, cela vaut fait,
I'en iure par mon attiffet,
Comme tu iures par ta vielle,
De n'aimer plus laide ny belle;
Venus sans delay ny repit,
Va dire à Bacchus son depit:
D'abord la flatteuse goüine
L'amadoüe & l'ambaboüine,
Luy remonstre en son fin patois,
Qu'elle est courtoise aux gens courtois:
La matoise, c'est bien l'entendre,
De le piquer par le plus tendre;
Il n'ose refuser Venus,
Craignant d'elle d'autres refus.
Compere Bacchus luy dit-elle
Ie te plait, ie te semble belle,
Mais vn ladre de musicien,
Qui beffle mon sexe & le tien,
Soüillant la gloire masculine,
Nargue la beauté feminine;
Ie te plait, j'empaume les Dieux,
Et ce faquin me crache aux yeux.
Vange nostre commune injure,
Mon gros garçon ie t'en conjure;
Mets en compotte & charcutis
Ce fleau de nos appetits:
Lasche sur cette infame engeance
Tes Bacchantes en diligence.

Il tombe auec elle d'accord,
Orphée ils ont iuré ta mort.
Quel si gueux violon t'enuie,
& voudroit donner de ta vie
Les vieilles gregues d'vn pendu,
Depuis que Venus t'a vendu,
A ces yurognesses de Thrace,
Qui tiennent l'yuresse de race,
Et s'embeguinent le cerueau
D'vne iatte de vin nouueau.
La moindre n'en est pas seurée,
Bacchus leur donne sa liurée,
Vois-tu sous leurs fronts bourgeonnez
Flamber les rubis de leurs nez :
Leurs trognes d'yuresse enfumées
Et leurs mains de tyrses armées,
Auec leurs piques d'eschalas
Contrefaire icy les Pallas.
Oys-tu ces maudites Menades
Dans leurs fieres Pantalonades
Ioüer sur le cul d'vn chaudron
D'autres airs que ceux de Guedron,
Dont ces Amazones barbares
Sonnent leurs horribles fanfares :
Cette meutte yure court aux bois
Mettre son gibier aux abois,
Lors qu'au son de sa vielle il berce
Sa raison cheute à la renuerse ;

On

On va bien malgré vielle & son
Le bercer d'vne autre façon,
Quand desia la meutte le fleure,
Ce fou l'attend à la malheure ;
Peuſt-il s'emboiter d'extrement
Dans l'eſtuy de ſon inſtrument :
D'euſt-elle en ſe donnant carriere
Rouller la boiſte en la riuiere.
Fremit-il point à tant d'abois,
Dont leur gueule eſtonne ce bois·
Ah ! i'en tremble pour ce pauure homme
Bien luy prend ſi ſa peur l'aſſomme.
La meutte d'vn cry beſtial
Donne à la parque le ſignal,
Et ſemond le chantre à la feſte,
D'vne pierre à trauers la teſte.
La pierre à qui le ſon charmant
Rompt le rapide mouuement,
Brimballe prés du nez d'Orphée
Inuiſiblement a graffée
Aux fredons qui la font trembler
D'auoir volé pour l'accabler.
Violons marchez en grand erre,
Parmy les greſles de la guerre,
Il n'y fait pas mauuais pour vous
Si les beaux ſons parent les coups.
Alte, dans l'honneur qui vous pique
Conſeruez vous pour la muſique

Les perils vous pourroient heurter,
Car voicy bien à dechanter :
L'abord de ces viues Meduses
Met le Bemol hors de ses ruses ;
Ses accords fugues tremblemens
S'estouffent dans leurs heurlemens.
Il s'en mocquera s'il escampe,
Mais ses pieds de peur ont la crampe,
Plus qu'estourdy , pis que troublé,
Il est mieux pris que dans vn blé.
Le pauure chantre hors de game,
Desia pense à reuoir sa femme ;
La vielle tremble sans fredon,
Pour son vielleur à l'abandon :
Car la Bacchantesque furie
N'entend point icy raillerie.
Quartier , *quartier*, oüy volontiers
Elle va le mettre en quartiers ;
Il sonne en vain, Bacchus estoupe
L'oreille à la brutale troupe,
Plus dure à la pitié pour luy
Qu'vn Iuif pour la bourse d'autruy.
Qu'vn postillon pour sa mazette,
Qu'vn bon drille pour la poullette,
Qu'vn charcutier pour vn verat
Et qu'vn gros matou pour vn rat.
Iamais pauure cerf que relance,
Limier, veneur, gueule, espieu, lance,

N'eſt plus noblement charcuté
Pour la garniſon d'vn paſté,
Qu'icy l'eſt le bon homme Orphée
Par cette canaille eſchauffée;
C'eſt à qui luy hachera mieux
Le nez, les oreilles, les yeux.
Qui l'éborgne auſſi-toſt l'aueugle
Dont il rugit, brait, heurle & meugle,
Bon pour luy s'il y pert les yeux
Vn franc vielleur n'en vaut que mieux
Par dépit leur rage paſſe outre,
Mieux fait là qui plus mal l'accouſtre
Les cailloux tyrſes & baſtons
Luy font des abreuoirs à tons ;
Pour le coup de grace on luy ruë
Les ferrailles d'vne charruë,
Qui luy font à diuers fendanrs
Voler la ceruelle & les dents
On gouſpille iuſqu'en ſon ventre
La muſique qui s'y concentre
Ce meurtre atroce affreux fracas
Bleſſe-il point les delicats ;
Ce ieu ſent trop la boucherie
Pleurez-en ſi bien que i'en rie;
La belle eſperance aux corbeaux
De voir noſtre chantre en lambeaux;
Quoy qu'à l'obiet de playe & boſſe
Vn barbier penſe eſtre à la noce.

Il seroit décontenancé,
Prés ce mal'heureux fracaſſé
Sur qui cette race ennemie
Fait la premiere anatomie :
Et qui pis eſt ſans biſtoury
Dont le pauure homme eſtoit mary.
Mais quoy qu'au lieu de l'art l'yureſſe,
Le diſſequaſt tout ſans iuſteſſe
De la prend ſon extraction.
Damoiſelle diſſection
quand le gibet rend quelque obene
Aux charcutiers de viande humaine
Concluons mieux cét entretien,
Ie cognoiſt des femmes de bien
Ou qui du moins en ont la mine,
Qui d'vne vertu pateline.
Dans l'Egliſe font oraiſon
Et puis font rage à la maiſon;
Ces femmes folles ou meſchantes
Feroient volontiers les Bacchantes,
Pourueu que Monſieur leur eſpoux
Fiſt trophée & portaſt les coups;
Le vieux ſujet que ie rabille
D'vne droſle & neuue roupille
Peut fournir dequoy cenſurer
qui joüeroit à le deſchirer
Mais la cenſure trop picquante
rimie̅t vn meurtre de Bacchante.

F I N.